KB102819

푸른 손금의 페르소나

시와반시 기획시인선 022

푸른 손금의 페르소나

양준호 류기봉 김학산

시와반시

| 차 례 |

| 양준호 |

10   시간표 속의 램프

11   뱀딸기의 비

12   너는 가

13   노한 앵무새

14   제7부두

15   마라도

16   푸른 유방

17   몇 마디 파도

18   제3촉각

19   정오의 자리돔

20   바람의 구애

21   모노레일

22   초벌구이

23   집고양이

24   바다의 이단자

25   그 시의 주제

26   갈색 눈발

27   구름국화의 추억

28   우단애기아나니스

29   스케일

30   파사석탑

31   그래 그 기도

32   물 속의 달

33   그 촉

34   맨드라미의 내면

| 류기봉 |

36   오일장에서 — 각覺·1

37   역사공원 — 각覺·2

38   눈밭 — 각覺·3

39   벌레 — 각覺·4

40   스멀스멀 — 각覺·5

41   봄 — 각覺·6

42   유기향 — 각覺·7

43   포도폐원 — 각覺·8

44   수확 — 각覺·9

45   한 묶음 — 각覺·10

46   살갗 — 각覺·11

47   되물음 — 각覺·12

48 **뼈다귀** — 각覺 · 13

49 바다에게 — 각覺 · 14

50 달빛 — 각覺 · 15

51 하늘타리 꽃 그 최초의 바다 — 각覺 · 16

52 발발이 꽃 — 각覺 · 17

53 난감하다 — 각覺 · 18

54 자두 — 각覺 · 19

55 커피예찬 — 각覺 · 20

56 분홍 들판 — 각覺 · 21

57 귀 — 각覺 · 22

59 손금 — 각覺 · 23

60 석간신문인터뷰 — 각覺 · 24

61 나이 — 처용단장 풍으로

| 김학산 |

64 각角과 빛

66 소금 꽃

68 클라이머

70 돌확에 하얀 달은 뜨고

72 진화의 방식

74 재개발지의 꿈

76 어머니의 태양

78 거미줄 위의 반 고흐

81 그녀의 경전

83 화산 목火山 木

85 페르소나

88 방자 소 공화국

91 가위가 자른 푸른 달빛

93 바람의 눈시울

95 레테의 강

98 아버지의 타동사

102 지하 풍경

104 조약돌

106 집행관과 거미

109 길 위에서 길을 잃다

111 맛있는 봄

113 둥근 사각형 그리기

115 소리의 화석

117 소리의 연금술

120 해설 기억의 간이역 혹은 시간의 연금술 | 전해수

| 양준호 |

시간표 속의 램프

오늘도 열차는 시간표時間表 속으로 사라졌다
멀리 귀 기울이면
색시 색시
붉은새배매 울고 있는 몸짓
오늘도 식도食道 속을 헤엄쳐간 기름가자미 우짖
는데
아이야 아이야
청산靑山에서 꿈틀대는 추사秋史의 먹물빛 새들
자 함께하실까요
가자미과 검은 문장을 훔쳐보고 가는데
갈까 말까 갈까 말까
누드의 가시내를 버리고 가는 천둥소리
갈까 말까 갈까 말까
오늘도 캡 램프 속 당나귀는 사색에 잠겨 있었다

뱀딸기의 비

시클라멘 분홍빛 풍선을 타고 온다

아직도

게걸음 가시나의 고운 가슴에서

시인은 육박전肉薄戰을 벌이는데

저 찬란한 수호천사의 오디빛 눈동자

여보세요

남도의 장마전선은 북상했나요

그 비는 풋풋한 가시내의 눈빛

장마 장마전선일까

글쎄, 가시내의 눈빛 보라 빛깔 비를 몰아오는데

혁명 혁명 부스러기랄까

그 수줍던 이십대의 연모戀慕

오늘도

그 소문 제2송도의 바닷가

내가 놓친 계집인가 누액淚液의 비

뱀딸기로 반짝이고 있었다

너는 가
— 결국 · 1

타조알은 바다를 정복하였다

자 세계 평화를 위하여 기도합시다

너는 가, 그런다고 다시마의 누드를 어떻게 설명
하니

무단 출입의 나라에서 절대 도망 가지 말 것

무늬버들은 오늘 어디 가서 노나

에그 내가 어떻게 당나귀를 쏘아보겠니

완전, 그 새끼도 노골적이지

매화가지나방의 꽃잎은 가을의 입구에서 눈부셔
신神을 기다리다 갔다

노한 앵무새
― 결국 · 2

　노한 앵무새를 뒤쫓지 마라 젓가락 구름의 종아
리에서,　둥근잔대는 저승의 노랫가락에 귀 기울이
고 가는데…
　자 심호흡을 해봐 유난히 어깨를 파닥이는 밍크
고래 노을의 베일을 딛고 간다

제7부두
— 결국 · 3

자벌레는 안쓰러운 자벌레일 뿐이다
인제 주섬주섬 머윗대를 챙겨봐
자네 정말 시인이 맞나 안 맞나
오늘도
제적등본 위로 병든 지구 같은 나뭇잎 지고
그래도 살아야지
제7부두
오늘도
몬티새의 가자미양 달맞이를 떠난다

마라도
― 결국 · 4

　언제인가 마라도의 바닷물고기, 삼켜도 삼켜도
배고픈 바다였습니다 자 실례하실까요 그날따라
보슬비는 무한대의 젖무덤 잠시 잠시 설레고 갔습
니다

푸른 유방
― 결국 · 5

모시조개는 사라져라 푸른 유방과 같이
오늘도 줄흰나비 도미노 게임에 빠졌는데
숯가루에 목이 메인 섭나방
까라까라까라
바닷가를 서성이는 섬패랭이꽃의 등 뒤로
하얀 목덜미 분홍 눈발 날리고 있었다

몇 마디 파도
— 결국 · 6

한방울의 눈물에
아내의 젖꼭지가 젖는다
밤새 눈은 내리고
신神의 눈동자를 모시고 간
시인은 몇 마디 파도를 뱉고
자 내리실까요
허공에서 허공으로
분홍 말미잘은 사인을 나누고 오는데
기억하라 눈물
기억하라 눈물
엘로이 엘로이 레마 사박다니
아직
이곳엔
말벌떼에게 나눠줄 바다가 없습니다

제3촉각
— 결국 · 7

푸르고 푸른 입술은 떠나갔다
제3촉각 속에서
찢기워진 바다가 내내 푸들거리고 갔다
유방을 움켜쥐면 우윳빛 방울 방울마다
고춧가루 실연기는 갈색 육체를 덮고
어째 눈이 가물거린다구요
오늘도 부서지는 셔츠 그리고 빗방울
모구毛球를 부르며 간다

정오의 자리돔
― 결국 · 8

정오의 자리돔, 호송은 끝났다
누구 며느리주머니의 산란을 막아주실 분
보라성게가 외출한 서귀포
사이렌은 누구를 부르고 있는가
새여 새여
한쪽 볼이 상기된 무당새는
천사의 잠을 깨우고 가는데
형 그곳의 무당거미는 비달기를 잃고 왔는데
자 진정하시죠
나는 끝끝내 큰줄흰나비의 눈치를 잃고서 온다

바람의 구애
— 결국 · 9

그날의 비에서는 꽃비린내가 풍겼다
팔찌를 잃어버린 어머니의 눈동자에선
생선 몇 마리 헤엄치고 가는데
아주까리씨
이젠 그날 그 코피의 역사를 잊어야겠지요
비로소 옷을 벗는 누구인가
문득 정오의 해 플라이팬에서 익고
나귀는 선잠을 자고 가는데
비로소 비로소를 아신다구요
오늘 또
지리산팔랑나비 바람의 구애를 받고 있었다

모노레일
― 결국 · 10

모노레일의 대가리에서 방동사니 꽃은 울고 갔다

누가 빗방울을 해부했니

영상 신호가 어떻게 되었냐구요

마음은 그게 아닌데 정말 미안할까

이젠 거침없이 나아가자

귓불 귓불 분홍으로 피어나던 귓불

오늘따라 딱따구리는 어디로 갔나

델리카토* 순이는 바다의 흘레 문조文鳥와의 대
화를 끝낸다

* 델리카토(delicato): 악보에서 우아하고 아름답게 또는 섬세하
게 연주하라는 말

초벌구이
— 결국 · 11

이제는 가슴에서 마거리트를 보내야 할 때
가겠다는 말도 없이 바다빙어는 사라졌는데
간다 간다 이는 정말이야
지금 초벌구이를 말라구요
소문은 소문의 깃털로 나부낄 때
멀미가 난다구요 빗방울
선홍치의 늑골에서 갈고리달은 깊이 잠들었다

집고양이

— 결국 · 12

집고양이는 옆모습에 신경을 쓰고 갔다

여보세요 여보세요

댁의 얼굴은 어디서 잃었나요

팬지꽃은 물살을 거슬러 누구와 만나나

오늘 또 아버지는 비단부채게를 나무라고 가는데

여보세요 여보세요

댁의 얼굴은 어디서 잃었나요

오늘도

꺽저기는 예각삼각형 속에서 꽃을 부르다 갔다

바다의 이단자
— 결국 · 13

너는 바다의 이단자가 되는게 좋니
오늘도 피조개의 풍경 속 산철쭉을 심고 가는
꽃잎은 철로에 귀 기울여
누군가를 흠모하고 가는데
오늘은 아니 오늘은 유방 구경을 하지 말자구요
$4 \times 4 = 4 \; 4 \times 4 = 4$
(꽃뱀이 부레를 유혹하는 소리)
그래요
오늘도 너는 나를 확인할 길 없어
이쯤이면 되겠지
꿈 속에서 애기박쥐떼 바다를 건너고 있었다

그 시의 주제
— 결국 · 14

오늘도 난
자욱한 꽃안개 속에서 파부초 꽃을 잃어버리고
온다
까마귀 갈까마귀 너는 어디로 가니
잭슨 폴록, 내 영혼 속 갈색 페인트로 적시는데
아직 젖먹이의 잠을 깨워서는 안돼
이제 그 시의 주제를 정해볼까
알렐루야
메뚜기는 벼메뚜기
애기흰사초의 고향을 찾아가고 있었다

갈색 눈발

— 결국 · 15

꽃은 시인의 가슴에 비늘돔의 영혼을 푼다
오늘도 낙지다리는 에둘러서 꽃술의 눈동자 속
으로 들어가고
전구는 나갔는가 그것은 모순이었다구요
그날의 나는 바다의 가장자리에 위치할 것
오늘 풍경 속에 비 뿌리고 온 사람
일상은 일상
그날도
시인의 눈망울로 갈색 눈발은 퍼붓고 있었다

구름국화의 추억
— 결국 · 16

꽃비늘은 오늘 어디가서 노나

뱀잠자리의 후두喉頭를 탈출하는 휘파람 소리

차조기의 치마에 거친 톱니를 깔자

깨어진 뱃고동은 파도의 눈을 가리는데

석류 그 영혼을 대출貸出해 주라구요

그래

소리없이 종가시나무에 접근할 것

아 수렁에서 빠져나온다고 했는데

거총 바로 거총

9월의 담자색꽃은 구름국화의 추억을 잃고서 간다

우단애기아나니스
─ 결국 · 17

섬서구메뚜기는 오늘 어디로 가나
라단조에서는
어쩐지 피비린내가 풍기는데
오늘도 구름 틈새를 지나서 가나
말은 이제 멈추기를 거부하는데
그래도
헤어질 때 악수는 거르지 말아야지
송림사 오층 전탑松林寺五層塼塔으로 날아오는 우
단애기아나니스
이제 분홍 숨결을 다스려야지
부노로토끼는 오늘도 토를 잃고서 간다

스케일
─ 결국 · 18

저 꽃팔랑나비의 눈빛에 빠지지 마라
이제 심지를 올려야할 때
내 마음 자리에서 졸다간
앉은부채는 그 나라에 잘 갔을까
심지어에서는 피비린내가 났다는데
아직은 스케일이 크다구요
심저心底에서 울고간 외잎쑥의 눈동자를 보라
어른지기
어른지기
당랑螳螂은 드문드문 졸다가 갔다

파사석탑
— 결국 · 19

오늘 프리지어의 성기를 공개하지 말 것

부두엔 팔랑개비의 빨간 부레

자 내게 손을 줘

또 기차가 지나갔는데

이제 그 유방에 특허를 내야지

파부초여 이제 내게로 와 줘

덧버선에 덧은 없다구요

오늘 줄기 세포끼리의 사랑은 슬퍼

파사석탑婆娑石塔 속에서

지친 단풍잎 하나 울고 있다

그래 그 기도
— 결국 · 20

능금나무 낙엽 교목에 주먹게가 졸고 있었다

마침내는 어디로 갔냐구요

아게라툼*은 잠을 설쳤다는데

이제 바다의 아가리에 꽃잎을 채울까요

아가씨 아가씨

이제 그 단어도 다 채웠나요

그래 그 기도가 끝나는 곳

어린 물방개 홀로 울고 갔다

* 아게라툼(ageratum): 국화과에 속하는 일년초

물 속의 달
— 결국 · 21

그날 히비스커스는 물레고둥을 사모하고 갔다

오늘도

초록 물길에서 빨간 부겐빌리아 꽃잎은

그 계집의 영혼 속을 가는데

이제 물 속의 달을 구워먹어야지

오늘도

푸른 회색의 물꽃아 어디 가니

우리 달맞이고개에서 더 이상 물끄러미는 하지

말자

우두커니 우두커니

부두는 분홍 틀니의 우두커니를 기다리고 있었다

그 촉
— 결국 · 22

　그 누구 물꽃 빨간 사자코망둑의 지느러미를 보
았소
　촉각은 녹색 그 벌레는 종일을 휘파람을 불고 갔
는데
　오늘 도망치는 약간의 생선류를 잡을까
　비오리 비오리
　비취翡翠야 이제 그만 자자
　그래도 유삼油衫을 걸치고 가야지
　모양새는 또 어떤가
　이제는 그 촉을 주시할 때
　싸락눈은 그 나라 어무이의 등 뒤로 내리고 있
었다

맨드라미의 내면
― 결국 · 23

개맨드라미에 개는 지나가지 않았다
언제까지 피하 주사를 회피할 거니
청분홍메뚜기의 내면은 아직도 근지럽다는데
청빈가淸貧家청빈가
청사조靑蛇條 빨간 손톱이 익어가고 있었다
우리 심심한데 달나라나 가볼까
아직도 어머니의 젖무덤은 슬퍼
파랑별은 홀로 내 과거를 탈출하고 있었다

| 류기봉 |

오일장에서
─ 각覺 · 1

2와 7일에 서는 장현장, 건고사리나물이 한국산
이라고 외치는 장터할머니 옆에 "중국산입니다.
저는 중국산입니다!" 중국산며느리가 중얼거리고
있다

역사공원
― 각覺 · 2

후쿠오카 역사를 걸어 나가는 개목련 부류의 개
들, 성인 마사지방의 간판을 뒤로한 한국의 시금치
농부는 발가락의 역사공원에서 졸고 있습니다

눈밭

— 각覺 · 3

    배고픈 말똥가리가 어슬렁거리고 있는 스마트폰 액정 속, 서늘한 기운의 박달나무가 눈밭에 미끄러 졌다

벌레

— 각覺 · 4

　직박구리가 물고 있는 사슴벌레, 성난 아기의 탯
줄이 달빛처럼 어둠에 박혀 있었다

스멀스멀
— 각覺 · 5

　사진을 지고 가는 달팽이의 허기 속, 부르튼 발
톱이 내 몽롱한 감정을 갉아먹는다

봄

― 각覺 · 6

64년 용띠의 가슴팍에 슬쩍 기댄 상현달의 목덜미에, 혹은 실직한 아들의 초라한 이두박근 속에, 유약한 봄이 살짝 묻었다 갔습니다

유기향
— 각覺 · 7

　유기향은 내 여동생 이름이다. 늘 향기 가득하라고 대한민국 최초의 여류비행사 권기옥 할머니가 지어주셨다. 아버지는 권기옥 할머니의 소작농이었다. 50여 년 전, 돌멩이와 잡목이 가득한 잡종지에 할머니의 아름다운 마음을 심었다.

　땅의 주인이 바뀌었다. 또 바뀌었다. 바뀐 주인은 포도나무를 가지고 당장 나가라고 하였다. 이런, 된장! 동생 이름만큼 향기로운 포도밭을 떠나는 내 발이 시리다.

　모른 척 고개 돌린 천겹산은 내 마음에 조각난 비를 심어 놓고 갔다.

포도폐원
―― 각覽 · 8

  저 어수룩하고 공허한 매화의 눈초리, 위장 그
밥알을 비워버린 노을만 벅차게 심호흡 하고 간다

수확
— 각覺 · 9

　수확해 봤자 쓰레기통으로 가는 포도, "어쩌란 말이냐, 어쩌란 말이냐!" 주인이 바뀐 과수원의 하늘 마네의 그림처럼 잠든다

* 청마 유치환 선생의 시에서 차용

한 묶음

— 각覺 · 10

"아빠, 술 그만 드세요!" 등록금고지서와 함께 내
민 딸의 노래 한 묶음, 벌게진 노을 한 소절도 돌아
눕는다

살갗

— 각覺 · 11

건축가 김수근 선생이 지은 집 세이장의 전나무
는 귀가 얇다 백지처럼 쫑긋 쫑긋 살갗을 파르르
떤다 매화를 심어 볼까 미나리를 심어 볼까 세이장
의 전나무는 하늘 한 면만 열어 놓고 티브이를 주
시하고 간다

되물음
── 각覺 · 12

"헛개나무를 다오, 헛개나무를!" 쓰레기풀이 깜박깜박 졸면서 중얼거린다 "쓰레기풀도 간이 있나!" 쥐깨풀이 뒷걸음질 치며 되물음하고 가는 그런 날, 아, 슬퍼! 동물원의 물구나무는 가다 서다를 반복하였다

뼈다귀

　— 각覺 · 13

　슬픔을 지우기 위해 살색 매니큐어를 바른 서해,
그 마음을 얻기 위해 뾰두라지는 목이 쉬도록 가브
리엘의 창문가에서 울었다

바다에게
― 각覺 · 14

조각구름 하나 걸치지 않았다

개도 짖지 않는다

누구를 위한 고요냐

책상도 없는 사이버상의 고요

공소리 공소리

스피커가 없는 공소리

구두 한 켤레 달빛을 걷고 있다

달빛

— 각覺 · 15

　　참나무 속의 슬개골, 뽕나무 속의 미추, 복숭아
속의 담낭을 써놓고 다음에 올 낱말을 기다리는 어
느 시인의 손가락에 남루한 달빛만 왔다 갔다

하눌타리 꽃 그 최초의 바다
— 각覺·16

오늘을 분질러 버렸다

미안하다

기약은 못하지만

영농일지는 이것으로 끝

하눌타리

꽃

그 최초의 바다

발발이 꽃

— 각覺 · 17

게가 발을 세우고 발발거린다

발발이 꽃이다

꽃 보러 가자

난감하다
— 각覺 · 18

그늘에 앉아 '멍' 때릴 것인가
청포묵을 먹을 것인가

왔다리 갔다리
헷갈리고 있습니다

그늘에는 햇빛이 꽉 찼습니다

어떻게 해야 하나요

새도 바다도 집을 잃었습니다

바람도 제멋대로 입니다

돌무더기 속 패랭이꽃만 잘 피고 있습니다

자두
　— 각覺 · 19

　술값이라며 시 한 편 던지고 도망치듯 나오는 나
이 든 어느 시인지망생의 순백의 양심으로 폭우 속
빨간 핏빛 자두가 터진다

커피 예찬
　— 각覺 · 20

귀룽나무의 눈을 본다
안과전문의 남궁박사도 잘 모르는
나무의 눈
근시일까
난시일까
불확실성일까…
혹 먼 곳은 볼 수 있을까
봄꽃이 질 때 까지
참아주세요
참아주세요
으악!
검은 까마귀들

분홍 들판
― 각覺 · 21

있다와 없다 사이
분홍 들판이 모두 저기압이다
뭐가 뭔지 모르는
하늘이 찻잔 속에 빠져 있다
언제 그곳을 나올까
굳게 닫힌 지퍼,
하늘이 모두
분홍을 흘리고 간다

귀

— 각覺 · 22

팔딱이는 빨간 울음

명자꽃
너는 누구인가

갈까 갈까

햇빛은 햇빛 추위

하얀 발바닥을 이고 가는
너는
나의
디오니소스

개
똥
지

빠

귀

손금

— 각覺 · 23

손금

속을

기어가고

있는

엉겅퀴

거기

울음

소년의 감각

석간신문인터뷰
— 각覺·24

　식초용 항아리 속에서 미역귀처럼 꼬물거리는 거무티티한 포도 알이 석간신문 인터뷰 기사 속에서 제 집인 양 쑥쑥 자라고 있습니다

나이
— 처용단장 풍으로

유리벽이 있을까
뒹굴뒹굴 분노의 저녁이 있을까
낮이 있을까 혹은 깨진 밤이 있을까
시금치 밭 사이 시금치 벌레가 있을까

등을 돌려야만 겨우 볼 수 있는

나이

| 김학산 |

각角과 빛

배냇적 모음으로 중얼중얼
아파트 문을 나서는 가장이 있다
엘리베이터에 오르자 아직도 잠의 덧니에 물린
너덧 피조물들이 중력 밖으로 심장을 내어단 채
흔들린다

찰나, 어린 날 무심히 지나던 참외밭
참외 하나를 깨물다 들켰던
늙은 주인의 짓눌린 눈빛을 닮은 사내

거친 야성의 들판을 숨 가쁘게 달려온 당신은
세상의 미늘에 걸려 파닥거리는 불가사의한 어족
황금분할에 서툴렀던 당신은
생의 정각과 사각 사이에 숨어 우는 마파람

한때 의지의 방향으로 깊은 구멍을 파고
진리의 화두 위 사각의 극한점을 적분하였지만

되돌아오는 것은 바람의 어금니 부딪치는 소리뿐

저 파란의 지문을 보라
빛의 성감대 위 쏟아지는 예각들
출렁이는 게놈지도 속으로 오늘도
긴 꿈속 잠행이 시작된다

소금 꽃

지난날 내 젊음은 바람 잘 날 없는 성난 바다였다
천둥 빛 먹구름 그 무딘 펜촉이 물안개를 그릴
즈음
보리밭 한가운데 동그마니 앉아 한 땀 한 땀
초록의 수를 놓는 울어매

바람이 풋살 벗기는 소리 사각사각 들릴 때쯤이
던가
황금빛 보리 사이 켜켜이 지층에 쌓인
향긋한 어머니의 땀 내음은 기록할 수 없는 신화
였네

그해 아버지의 배는 귀향하지 않았고
헐거운 날개 밑 열 자식마저 뭍으로 뿔뿔이
헤어진 뒤
그 어떤 질량도 갖지 못한 깃털처럼 가벼운 울어
매는

한낮 마늘쪽 같은 초승달로 둥둥 떠
묵정밭만 일구시고

더는 음계를 읽을 수 없는 늙은 고래의 음성으로
먼바다로 바다로만 향하여 우~우~하시던

나는 당신의 뼛속 깊은 이명의 바람 소리
당신은 내 삶의 지분 위에 쌓인 영한 미개인
한숨 속에서 피는
하얀 소금 꽃

클라이머

한 여자가 암벽에 매달려 있다
까마득한 절벽 위 생사의 경계에서 몸짓과 눈빛
으로 순간을 기록하는 여자

단 한 장의 피사체를 건지기 위해 십여 시간의
초집중
때때로 산을 업고 구름 위를 훨훨 나는 착각에
빠져
흥건히 초점을 잃기도 한다

데칼코마니 모양 꼼짝없이 매달려 있다
뒤돌아보면 까마득한 절벽 위
지난날은 칼날 같고 내일은 아직
미명으로 바스락거릴 뿐

찰나. 동공과 망막이 접사 모드로 급회전한다
태양이 그린 절체절명의 피사체

찰칵, 셔터를 거침없이 누르는 그녀
순간 선택된 하나의 피사체가 드디어 현현된다

누군가는 설악은 너무 아름다워 눈물이 난다고
하지만
여인은 아니었다 산과 탯줄로 단단히 이어진
뜨거운 생명 하나

클라이머, 당신은 낙타의 삶으로 무릎 꿇다가도
사자의 삶으로 포효하고 드디어 어린아이의 꿈
으로
자유로운 초인이 된다

오늘도 콩딱 콩딱 한 가슴 쓸어 담으며
힘찬 비상을 꿈꾸는 당신은
향기로운 또 하나의 산이다

돌확에 하얀 달은 뜨고

풀꽃 흐드러지게 피는 계절이면
금빛 머리 붉은 눈 따오기를 찾아
홀로 온 들을 헤매었지

눈 감으면 아스라이 베이는 추억 속
자존의 검푸른 달이 뜨고
우리들의 아침은 늘
차가운 샛별의 온도로 내려앉았지

당신의 혀에 착착 감기는 밥 한 끼가
그리 어려웠던 시절 강변에 삽을 심고
홀로 돌아오는 저녁 시간이면

집 앞 돌확에 하얀 달은 뜨고

내게 남은 삶이 있다면
열 식구 난전의 신발들을 모두 모아

차라리 도둑으로 완성하고 싶었지

우주 멀리멀리 새로운 생명으로
발아하고 싶었지

진화의 방식

달리기가 오직 살길인 동물이 있다
등뼈를 활처럼 굽혔다가 스프링 튕기듯 초원을
질주하는
순간 최대 속력 백이십 킬로미터
단 일 초에 칠십 미터 이상 끌어올리는

평원을 떠나서는 살아갈 수 없기에
다른 종으로 분화까지 자제하며 초원에 즐겨 천
착하였지
고양이과 동물이지만 발톱을 세우고
창공을 차고 올라 수평선 멀리 한 마리 새가 되
어 날아가는 당신

눈부심을 막기 위해 눈 밑에 검은 스티커를 두르고
필생을 위한 필사의 달리기로 바람을 가르는

사바나 한가운데 사자나 호랑이의 곁에는 얼씬

도 못 하고
　비비 원숭이에게도 먹이를 빼앗기고야 마는
　너무 허약해서 슬픈 당신

　오늘도 드넓은 초원을 짙은 회색 연미복으로 질
주하는 치타
　그 아름다운 모습이 야생에서 살아남기 위한
　또 하나의 처절한 눈물이었다는 것을 오늘에야
알았다

　단 몇 초에 생존을 위한 승부를 걸어야 하는 초
원의 신사

　오늘은 먼 기억처럼 비가 내리는데
　문장 밖 당신의 어깨가 점점 무거워 온다

재개발지의 꿈

도시의 소음이 새벽을 알리자 골목마다
도시의 씨방에 남겨진 말의 치어들이
일제히 솟구쳐 올랐다

도시를 거대한 유령의 숲으로 만든 사내들은
전자계산기를 두드리다 지쳐
아무도 모르는 모스부호를 남긴 채
생명의 부레를 스스로 떼어내고 시멘트 숲을 떠
났다

도시의 순한 언어들은 급속히 퇴화하여 갔다
살아 있는 부르주아들은 이미 오래전부터
역린逆鱗 위에 감춘 기적을 꿈꾸었지만
어디에도 그들의 안식처는 없었다

이제 다시 일어설 때다
느린 운율과 음가들을 모두 불러모아

노래하며 춤추며
땀 빛 내재율로 점철된 새벽을 기다릴 일이다

돌아올 희망의 언어들이
도시를 환히 불 밝힐 때까지
빛이 산란하는 거대한 고래를 꿈꾸자

어머니의 태양

힘겨운 노동이 숨을 고르는 부엌에는
어머니의 일생이 고즈넉이 녹아있다
당신은 언제나처럼 새벽 어스름을 걷어내며
더듬더듬 부엌에 들어선다

달그락달그락 맵고 짜고 달고 시디신 당신의 세
월이
무시로 녹아내리는 태고의 부엌

그 시각 어린 나는 문득 지상으로부터
멀리 떨어진 숲속의 작은 새이거나
존재하지 않은 혼자만의 외로운 계절이었다

살아생전 어머니는
햇빛 쏟아지는 뜨거운 대낮을 몹시도 싫어하셨다
"내가 죽으면 절대 화장하지 말아라 잉.
살아생전 이리 뜨거운 시상을 살았는디"

"아, 죽어서까지 불 속에 가겠냐"

어머니는
핏빛보다 더 붉은 홍시가 되어 평생 홀로 익어
갔다
태양보다 더 뜨거웠을 어머니의 일생
저녁녘 땀에 흠뻑 쩔은 옷을 말릴 새도 없이
사랑방 군불을 지피던 당신 모습

뒤란 숭숭 뚫린 돌담 사이로 눈길 자주 돌리며
오지 않는 당신의 새끼들을 그리워하였다

꿈속, 오늘도 작은 평화를 입에 물고
식구들의 잠든 귀를 달그락달그락 깨우는 이른
새벽녘
지금도 어머니는 한사코 태양이 싫다고
한 뼘 땅속에 곤히 주무신다

거미줄 위의 반 고흐*

그즈음 친구와 나는 말을 잃었다
매일 땀 냄새에 잔뜩 절어 어김없이 술에 취했다
새벽녘까지 떠들다 쓰러져 누우면 몸 구석구석
에서 공명하는
만 마리의 여치 우는 소리로 잠을 설쳤다

공부는 계속해야 할 게 아니야 그래 여기서 중단
할 수는 없지
편의점 아르바이트 자리는 너무 힘들다
자기 좋으면 그냥 미쳐 사는 네가 뭐 반 고흐인
줄 아니
제길 소화제와 두통약은 어디다 둔 거야

가난이 죄였다 둥지를 잃은 혈穴은
더 이상 생명을 잉태할 수 없는 폐허였다

찬바람 이는 이른 봄 미친 살구꽃이 마구 피는 날

그는 이미 공사판의 한 마리 거미였다 건물 벽 청천 허공
　한줄기 바람이 되어 쇠줄을 타고 오르는 비계공
　가로세로 얽힌 파이프 위를 상하좌우로 날다 보면
　엉덩이에서 쇠 거미줄이 줄줄 새어 나올 것만 같다고
　허공을 뒤뚱뒤뚱 차오르며 하늘 향해 하얗게 웃던 그 녀석

　그래 우리는 모두 인생이란 거미줄에 스스로를 포획하는
　거미인 줄도 몰라 네가 뛰는 저 꽃구름 위 어디쯤
　발목 지뢰가 숨어 있을지도 모르지
　너와 내가 딛고 있는 이 지상도 저 가없는 허공과 뭐가 다르랴
　가야 해 어디든 가야 해 그리고 날아올라야 해 우린

푸르른 청춘의 도착점을 향하여 꽃과 칼을 몰고
가야만 하는 나이

세상이 하 수상하여 가는 곳마다 쇠파이프 정글
우글우글하다
단 한 번의 삶은 오직 여기에 있는데

* 반 고흐: 작품에 《빈센트의 방》《별이 빛나는 밤》《밤의
카페》 등이 있다. 그의 독특하고도 열정적인 삶은 후세에 많은
이야기를 남겼다.

그녀의 경전

　빌딩 숲을 흐르는 저녁노을 속 숨어든 은빛 여우
한 마리
　긴 꼬리 사이 보를 찬바람 껄쩍스럽게 서성이는
시간

　달달달
　온종일 재봉틀 페달을 밟는 젊은 그 여자
　남의 헌 옷을 수선하는 일로 입에 풀칠하는 것은
　제철에 날아가지 못한 철새에게 길을 묻는 것 만
큼이나
　가당치 않은 일이었으나
　그녀가 감당해야 하는 다섯 식구의 허리는
　물음표 하나로 너무 크고
　기워야 할 서툰 꿈의 바짓가랑이는
　휘어지는 제로의 무게로 너무 짧았다

　어두운 형광등 불빛 아래 튼튼한

그녀의 사지가 건강해서 좋다

미간이 넓고 시원해서 눈썹미 짠하게 맵고 안 치
수 밝은 여자

어떤 세상사는 뭐가 그리 얼마나 다르랴

자르고 잇는 일은 생의 다반사란다 가위 하나면

서툰 꿈의 길이도 떡 주무르듯 맘대로 줄이고 늘
일 수 있대요

삶은 한갓 한 조각 누룩 되어 부풀어 오르는 대
책 없는 욕망이더라

바람이 잡다 놓쳐버린 저녁 행간 사이

그녀의 천국에서 일렁이는 노을 몇 조각이 하루
의 끝을 말아 쥐고

빛의 이랑에 점점이 스며든다

돌돌 오늘도 끝없는

그녀의 경전 읽는 소리

화산 목火山 木*

때는 트라이아스기
노을이 하루의 끝에 앉아 잠시 졸고 있는
사이

길 끝에는 늘 두려움과 결빙된 크랙이 넘쳐났
지만
꽃들은 아장아장 끝없는 길을 열고
대지의 푸른 숲은 서둘러 사나운 짐승들을 끌어
들여
유두에 젖을 물리려는 찰나

중력을 잃은 시간이 소용돌이치며
빛과 천둥의 소리로 수천만 번 불비 내려요
푸르른 통증이 시간의 씨줄 날줄을 직조하는 잠
깐 사이
길을 떠나 길이 되어버린 세계는 늘 속수무책이
었죠

세월은 단지 하나의 전설처럼 흘러가요
새벽부터 스스로 목을 자르는 동백은
어두운 새벽을 사르며 점점이 솟아올라
태양은 자판을 두들기고 있군요

오래도록 찔려 숭숭 뚫린 바위 구멍마다
맑고 고운 피리 소리가 들려오고
멀리 보이는 숲은 이제 조용히 정좌한 채
어린 나무성자를 불러 초록의 등불을 내걸고

길든 야성은 언제나 두려운 탈출을 꿈꾸지요
두 눈 부릅뜬 짐승 한 마리 다시 긴 묵상에 잠깁
니다

* 화산 목(나무) : 약 2억 2,500만 년 전 트라이아스기에 형성된
나무화석으로 화산 목이라고도 불린다. 화산재에서 용해되어
나온 실리카가 서서히 나무의 세포벽을 채우거나 대체하면서
나무는 석영으로 결정화된다.

페르소나*

　뜨거운 피와 살로 거듭나지 못한 피조물들이
　단단한 세상의 각질이 되어 홀로 돌아눕는 새벽녘
　성난 짐승이 되어 거친 야생의 삶을 끌고 왔을
그들
　자존의 짙은 미소 뒤 피어나는 음모의 수상한
날개
　사이 감추어진 솜털 보송보송한 꿈 몇 조각도 보
여요
　이때 몸서리치는 점의 깊이에서 포획의 거미집
을 물고
　서서히 미끄러져 들어오는 메두사의 검은
　머리를 보았지요 순간 수형에 걸린 노란 나비
떼들
　창공을 헤집고 숨이 차오네요

　안간힘을 쓸수록 배냇짓의 서툰 몸동작은
　바람의 양수 안 눈동자 속에서 흔들거려요

누구나 한 번 건너면 지상에서의 모든 기억을 지
워버린다는
레테 강*을 오늘도 건너야만 하다니
무중력의 기억 속으로 난 길들의 잔인함이란
길을 잃은 막장의 광부가 되어 흔들거려요
절대 뒤돌아보지 말아요

한쪽 눈을 잃은 전설의 임금님을 찾아가세요
평생 한쪽 눈으로만 읽은 비탈진 생의 계곡을 지나
몇 동이의 선홍빛 핏물로 그려진
우리들의 페르소나를 보게 될 거에요

쓰라린 실패 뒤 상처가 되지 못한 바람의 간극
너머
방금 용광로 속에서 기어 나온 하얀 등뼈 하나
눈동자 번뜩거리며 지상에 올라 먼 길 떠나네요

휘이 휘이~

방자 소 공화국

아직은 이른 새벽녘, 지하 단칸셋방 창문
정지된 시간의 내벽에 어둠이 홍건하다
외눈박이 태양이 아직 어둠의 단맛을 즐기며 주
위를
한 올 한 올 수묵화 한 장으로 베끼고 있을 즈음
고요에 밑줄 긋는 사내의 헛기침 소리

여기는 서울의 어느 산동네 가파른 언덕배기 외길
아직 남대천에 이르지 못한 연어가 폭포 위
를 오르듯
소형트럭 위로 튀어 오르는 한 무리의 허름한 노
동자들
차는 언덕배기 허리 부근에 가서야
그레코로만 선수처럼 경사를 버티고 선 채 연신
뒷발질한다

닭장에 갇힌 수탉들의 표정이 저러할까

소리쳐 울어댄다고 새벽은 아직 어림없는데
한껏 목청을 높이는 인력시장의 노동자들
어느 짓궂은 낚시꾼의 미늘에 걸려든 어족처럼
일용할 양식을 얻은 기쁨에 또한 슬프다

우듬지를 옆에 끼고 안개 자욱한 호수 위를 지
날 때
참기 힘든 공복 때문일까 울컥 훔쳐본 하늘
방자의 두 눈빛이 벌겋다 그가 사는 쪽방촌
더러는 창문도 없는 성냥갑 같은 집들
그래도 사내는 눈 부신 태양도 매월 오만 원 더
주고 들였고
멋진 창문도 단돈 삼만 원에 내 걸었단다

여긴 방자와 월매의 어둡고 부드러운 감옥
매일 매일 허물 벗는 꽃뱀처럼 매끄러운 그의 아내
봉투를 붙이는 월매의 바쁜 손길이 어둠을 솎아

내며
  새벽을 향하여 묵언 정진 중이다

가위가 자른 푸른 달빛

그 시절 어머니의 어깻바람 속에는 저녁에만 뜨는 열 개의 달이 메밀밭 한가운데 수직으로 떠올라 한낮까지 빈혈 조각들을 흩날리곤 하였지

협곡처럼 깊은 현실은 늘 음부처럼 단순하여 산 자만이 걸치는 가난이란 구멍 숭숭 뚫린 등걸 불로 신작로 한가운데서 매일 질풍노도로 일렁거렸어

달빛 고고한 늦가을 한밤중 형과 난 자작나무 숲속을 깊이 파고 가장 정결한 소나무 잎으로 푸르른 이불 한 채 만들었다네 그리고 조카를 미친 하늘의 안쪽 음계 없는 음표로 눕혔지

어머니가 잘못 자른 조카의 배꼽이 화근이었어 아니 소독하지 않은 가위의 은유가 삶과 죽음의 경계를 잘랐던 거야

밤새 어둠을 뜯어먹든 바람은 죄인이 되어 극락
강에 몸을 숨기고 드디어 숲속에 추락한 낭자한 달
거품들이라니 순간 어머니의 슬픈 동공에서 세상
의 인연을 자르는 날 푸른 가위를 보았다네

어머니는 흐느끼며 무언가를 하염없이 다짐하고
계셨어 가녀린 어깨 위 둥그런 세월의 안쪽 혈죽
파랗게 세운 사랑이었던 거야

바람의 눈시울

도시의 외곽이 운무로 갇힌 산업도시의 이른 아침
비취 빛 창문 너머 정원에 직조된 나무들
비틀고 꺾은 자유 변형된 몸짓으로 숨이 차다

교회첨탑 위에는 입술 부르튼 고요가 꾸벅 졸고
어디서 오는 것일까 여인들의 성감대를 머리끄
덩이 채 끌어오는 저
시대의 말괄량이 같은 회오리바람
햇빛 조각들을 주섬주섬 주워 모으더니 일순 우
박세례다

골목 안을 기웃대던 몰이 바람은
길을 잃고 대지를 향하여 거친 발길질인데
인간 시장엔 허울 좋은 지식의 낱알들 너머
좌충우돌 골목 안을 기웃거리는 하루의 생명체들

방황하는 바람의 뜨거운 눈시울

수평선 멀리 누군가의 발자국을 따라가며
게눈 감추듯 사라지는
당신은 누구인가

레테의 강

뜨거운 피와 살로 거듭나지 못한 피조물들이
단단한 각질이 되어 홀로 돌아눕는 새벽녘
지하세계엔 무심히 흐르는 유체동물들이 모인
자리에
심해에 던진 생의 그물 안쪽으로는 토닥토닥
싱싱한 반역의 물고기들이 튀어 오르고 있어요

성난 짐승이 되어 거친 야생의 삶을 끌고 왔을
그들
자존의 짙은 미소 뒤 피어나는 음모의 수상한 날개
사이 감추어진 솜털 보송보송한 꿈 몇 조각도 보
여요

이때 몸서리치는 점의 깊이에서 포획의 거미집
을 물고
블랙홀로 서서히 미끄러져 들어오는 메두사의
검은 머리를 보았지요

순간 수형에 걸린 노란 나비 떼들 창공을 헤집고
숨이 차오네요

안간힘을 쓸수록 배냇짓 서툰 몸동작은 바람의
양수 안

검푸른 눈동자 속에서 흔들흔들해요

누구나 한 번 건너면 지상에서의 모든 기억을 지
워버린다는

레테 강을 오늘도 건너야만 하다니

무거운 욕망의 바위와 뜨거운 비등점 위의 나날
들 위

무중력의 기억 속으로 난 길들의 잔인함이란

땀에 흠뻑 절은 막장의 광부가 되어 자주 흔들거
려요

절대 뒤돌아보지 말고 한쪽 눈을 잃은 전설의 임
금님을 찾아가세요

평생 한쪽 눈으로만 읽었던 비탈진 생의 계곡을
지나면
사하라 사막 한가운데로 가보세요 그 어디쯤
몇 동이의 선홍빛 핏물로 그려진 우리들의 자화
상을 보게 될 거에요

쓰라린 실패 뒤 처절한 상처가 되지 못한 바람의
간극너머
방금 용광로 속에서 기어 나온 하얀 등뼈 하나
각인의 눈동자 번뜩거리며 지상에 올라 먼 길 떠
나네요
훠이 훠이~

아버지의 타동사

어느 날, '라캉'의 금달맞이꽃이 흐드러지게 피어
있는 언덕
그 찬란한 죽음의 행간을 더듬다 죽음을 죽임으
로써 세워졌든
저 로마인의 무수한 신전의 기둥들처럼 굳센 생을
조물주에 대한 거룩한 수동성으로 살다 가신 울
아버지
하, 그리워 머나먼 남도로 차를 달렸다

산에 오르자 모든 삶은 꽃피고 지는 그사이에 머
무른다고
온갖 풀꽃들은 형상을 거부한 채 한사코 발목을
부여잡고
거센 해풍은 젊은 날 피톨 튀던 나의 예각을 허
리 채 꺾어
둥그런 세월의 안쪽으로 가자고 자꾸자꾸 감싸
안는다

도솔천 가는 길이 이리 험하련가 길이란 길은 잡
초와 엉겅퀴에
　묻혀 간극을 잃고 산비탈은 온통 초록의 사해를
이루었다

　살아생전 아버지의 삶이 이러하였거니 '보로미
안'의 매듭처럼
　풀릴 듯 풀릴 듯 풀리지 않았던 땀으로 뒤범벅이
된 그의 삶은
　저 헤아릴 수 없는 외적 확장을 넘어 거룩한 수
동성의 미학에
　이를 때까지 단 한 번의 생을 위한 꽃 꿈꾼 자리

　천만번 바람의 어금니에 부딪히는 허연 포말은
아니었을는지
　살아생전 늘 아버지의 타동사는 위대했고 때론
잔인했다

그의 목적어는 땟국 자르르 흐르는 십 남매의 성
공을 넘어
부드러운 영혼에까지 다 닿았지만
정박지가 없는 사각의 휴머니즘은
경계를 잃고 자주 난파선이 되어 표류하였다

때론 이지理智가 장칭의 채마밭*에서 어정어정
살아 나오는
탐욕의 애벌레가 되기도 했던 쓰라린 기억이 석
양, 쏟아지는
햇빛 침이 되어 눈에 섧다

사랑은 욕망보다 훨씬 참을성이 없다고 하였던가
바위처럼 싸늘하고, 단단하게 죽어보지 않는 사
람이 바위를 알까
바위의 깊은 생명을 깨달으려면
삶이 평생토록 지고 다니는

바위의 무게를 먼저 깨달아야만 한다고

억겁의 바위처럼 무거운 울 아버지의 무덤 속 경
전經典은
오늘도 종일 말이 없다 종달새는 구름 속을 계속
비켜 날고

＊

* 장칭의 채마밭: 수호지에 나온 인물로 장칭은 손이랑의 남편
으로 광명사 채마밭(채소밭)

지하 풍경

머리끝에서 발끝까지 기계에 나를 모두 밀어 넣어
납작해진 차표 한 장의 몸짓으로
지상에 오르는 밤늦은 귀갓길

흥건한 빛의 계단 밑 아슬아슬한 시간의 부레 위에
똬리를 튼 거미 한 마리에 주목한다

만인에 대한 만인의 투쟁으로 불타오르는 서울
의 밤하늘
그가 살아온 직선의 삶은 변함없는 운명의 상수
였고 고통의 파이였지만
그의 의족 곁 박스조각에 휘갈겨 쓴 붉은 생어生
魚에는 늘 꽃향기가 넘쳐났다

"내가 이렇게 될 줄은요!"

친구여, 장미의 삶에는 시간이 존재하지 않아요

단지 장미가 있을 뿐

존재하는 매 순간마다 장미는 완벽하기에

그대는 세상에 단 하나밖에 없는 완전한 꽃이다

소유와 쓰임새를 모두 거부한 무지갯빛 꽃이다

조약돌

사지를 모두 잘렸습니다
세상의 겁쟁이들이 만들어 놓은
도덕과 법률에
모진 고문을 당했습니다

단 한 점 때 묻음 없이
모든 허위와 거짓의 탈을 벗고
영혼의 내장이 훤히 보이도록
우린 서로를
깎고 또 깎았습니다

하여, 심장 하나에
가슴만 남았습니다
간단없는 거센 물결에 떠밀리며
까마득한 세월을
그냥 찬 가슴 저리도록
마주 보며 사랑했습니다

오늘도 가장 정제된 진실한 가슴 둘

애타게 서로를 마주하며

부비고 또 부비며 흐릅니다

집행관과 거미

아직도 서울의 달동네라 불리는
해가 가장 늦게 뜨고 맨 먼저 지는 그곳
할머니의 갈감 냄새나는 둥지가 똬리를 틀고 있는
지하 단칸 셋방에 집행관이 보릿고개 장성처럼
서 있다

막내아들은 평생 가슴에 불을 지르는 방화범이자
사랑 도둑놈 까치가 체한 음성으로 깍깍 어딘가
를 향해
화살표 하나를 던지며 난리다

세간 도구라야 때 묻은 이불과 식기류 몇 점
할머니의 고단한 삶을 이고 다녔을 더덕더덕 기운
틀니처럼 헐거운 플라스틱 함지박 하나 그리고
순간 눈먼 할머니의 딸이 우우 짐승처럼 울 때였
던가

하늘에서 내려온 포획자 한 놈
붉은 딱지를 붙이는 속도보다 재빠르게
집행관의 정수리에 외줄기 햇빛 침을
거침없이 천장에서 내리고 있다

실로 눈 깜짝할 사이에 머리를 타고 내려온 그는
할머니의 슬픈 눈이 절망의 빵처럼 부풀어 오르
다 머문
그 자리에 큐피드의 화살이 되어 집행관을 정면
으로 응시하고 있다

빨간 딱지가 붙은 장롱 옆 라디오에선
방금 할머니가 읊조리던 흘러간 옛노래가 갈지
자걸음을
빗물 사이로 집행관이 탈출구를 향하여 황급히
문을 열자
우리의 위대한 포획자 거미란 놈, 드디어 몸을

날려
  세상의 집행관을 꽁꽁 묶고는 하늘로 비상이다

  저승사자가 그의 뒤를 따라 황급히 빠져나가고
있다

길 위에서 길을 잃다

향기는
때때로 미로의 검은 항아리에서
산화하는 방황의 몰약인가

낙화에 취하여
일만 마디 꽃대 부여잡고 헤매던 내 젊은 날
뻐꾸기 둥지에 던져진 판각의 세월은
각혈 선명한 자물쇠 하나로
비등점 위의 날들을 굳게굳게 채웠네

그때마다 난
산으로 하염없이 올라 정처 없이 날아가고 싶었어
바다로 끝없이 걸어 파도 속에 처박히고 싶었어
그리고는 다시는 돌아오고 싶지 않았어

세상엔
길 아닌 길이 너무너무 많아

힘 있는 자들이 독식하는 길이란
모두 모아 엿처럼 녹여 없애고 싶었어

도가니 위를 달리는
이진법으로 냉동한 형이하학의 인간군들은
대못처럼 단단한 육질의 시간을 뚫고
빛의 속도로 질주하는데

그들은 아직 속 날개엔 눈물 그렁그렁
스스로를 영어 할 수밖에 없는
또 다른 부푼 감옥
창조주의 게놈지도를 다 읽고 있었네

맛있는 봄

연초록도 연노랑도 연분홍도 아닌
이맘때 쯤, 먼 산야의 풍경은
진정 무어라 말할 수 없네
모든 색을 얼버무려 놓은
저 환장할 오로라의 빛무리

산의 가슴께로 숨바꼭질하며
노란 개나리 연분홍 진달래를 얼버무리고
산의 허리께로 기어올라 허연 배꽃과
새빨간 복숭아꽃을 눈 깜작할 새 버무리더니

신출귀몰 산의 발밑에 이르러서는
워메, 워메 등 굽은 우리 할메꽃
초당 풀숲에 숨은 바람둥이 몰이 바람을 불러
푸른 빗질이 한창이다

조선간장 척척 뿌리고 깨소금도 조금

입안이 얼얼하도록 고춧가루도 듬뿍
쓱싹쓱싹 버무리시던 봄날 이맘때쯤
울 엄마 손맛 같은 울 엄마 장맛 같은

맛있는 봄

둥근 사각형 그리기

창문 밖 바둑판처럼 잘 정리된 들판을
무심히 응시한다
논 가 두루미 외발로 서 쓰러지지 않는
저 빛나는 균형감각의 완숙미

삶이 동그라미 그리기 사각형 그리기라면
얼마나 시시하고 재미없을까를 생각한다
지하터널 벗어나자 구름의 낮은 기침 소리
전에 본적이 없는 황톳빛 산 하나를
아예 삼각형으로 꾀를 벗겼다
벌거벗은 남정네처럼 남세스럽다

왜 인간들은 무언가를 모양으로
그리지 않으면 살아갈 수 없는 것일까
저 모양의 잔인함이여

냇가에 아지랑이 수런거리고

옹기종기 모여 고만고만한 삶의 실밥을
팽팽히 잡아당기는 골목마다 사람이 성근다

스스로를 포획하는 거미처럼 농부의 집엔
농부가 없다
어차피 인간은 역설의 황야에 피는 외로운 꽃인가
문제는 역설이 모든 종류의 삶을 허용한다는 것
우리의 생존전략은 말의 뼈를 송두리째 뽑아
둥근 사각형을 그려야 하는 일

행간의 긴 그림자들이 까치발로 서서
초록빛 손을 흔들고
돌들은 냇가에서 하얗게 불타오르고 있다

소리의 화석

동그마니 나앉은 산중마을 외딴집 한 채
콩 튀던 햇빛이 문지방을 넘어서자 서서히 꼬리
를 잘리고
기울기를 잃은 문은 해설 푼 웃음을 두어 번 흘
린다

안쪽은 세세히 겨루는 어둠이 도처에 질퍽하다
문설주가 생각난 듯 외마디 비명을 급히 쓸어내
릴 때
세월이 빠져나간 자리마다 공으로 대체되는 소
리의 화석들
살강 위 오랜 노동의 대들보를 지나며
비바체 한 소절 급히 튀어 오른다

돌확 위 어둠이 무량무량 홀로 익어가고
한낮 태양이 뜨겁게 불 지피던 대추나무 열매마다
시간의 끝자락을 단단히 붙들고 별빛의 행렬 낭

자하다

　매일 사랑을 퍼오던 당신의 귀빠진 밥상에
　추억 몇 가닥과 수북한 먼지가 차려지고
　눈동자 가득 감빛 단청을 털어내는 그의 곁에 또
다른
　어둠의 눈길 하나

　티눈 같은 달빛이 다가와
　서늘한 눈빛으로 마주 앉는다

소리의 연금술

가녀린 소녀가 세 시간 동안 수궁가 완창을 한다
"첩첩이 둘러싸고 토끼 드립 대 잡는 거동 영문
출사 도적 잡듯 토끼 두 귀를 꽉 잡고 니가 이놈 토
끼냐?"

에베레스트 산맥 한가운데 갇혀있던 음표들이
조심조심 발걸음을 옮기고
행여 음의 선율에 헛발 디딜까 두려워
이를 바라보는 손끝에 진땀이 흐른다

어르고 달래고 때론 끝없이 튀어 오르는
소녀의 음원은 우주로 멀리멀리 비상할 때
조마조마 가슴 조이는
어머니란 이름의 하얀 쪽배 하나

생의 경계를 품은 허무는 한 소리는

어느덧 위대한 종교가 되는구나

| 해설 |

기억의 간이역 혹은 시간의 연금술

전해수(문학평론가)

이번에 상재하는 3인 시집 『푸른 손금의 페르소나』는 21세기에 흔치 않은 앤솔로지 시집이라 여겨진다. 무릇 『푸른 손금의 페르소나』는 수십 명이 한두 편씩 기발표작을 모은 '기념 시집'이 아니라 각기 다른 시세계를 지닌 중견시인 3인이 각각 적지 않은 20여 편의 시를 한 데 모아 삼인三人 삼색三色의 품격品格을 선명하게 보여 주고 있어서 남다른 의미가 새겨지는 시집이라 할 수 있다. 시집의 공동 저자인 양준호, 류기봉, 김학산 시인은 이미 여러 권의 시집을 펴낸 시인들인데, 이렇게 3인 앤솔로지를 새롭게 기획한 것이다. 이런 경우 보통은 자서自序에 각자의 술회述懷를 적는 것이 일반적인데, 이 시집은 '대표자서'를 수록하여 3인 시집의 주된 의미를 한데 모아 표명하고 있다. 이른바

시집 『푸른 손금의 페르소나』의 자서自序는 단출하
지만 깔끔하고, 호젓하지만 뭉클하다. 자서自序에는
이렇게 기록되어 있다.

꽃의 대퇴부를 모시고 온다

내 일곱 살 적 어린 포구에서
꽈리를 불고 간 가시내는

어디로 갔을까

물소리 들린다
목어木魚의 신음

들판은 풀빛 기침에 젖어 있다
　　— 2021년 9월, 3인 모던 시집에 부쳐

우선은 '모던 시집'이라 적시摘示한 것이 새삼스
럽기도 하고 뜻밖이지만(이들은 '모던'에 방점을
찍으며 현대시 인식을 강조하여 드러낸다), 자서에
는 3인 시집을 발행하는 시인의 저의底意가 제기되
어 있어서 주목해 봐야 한다. 양준호, 류기봉, 김학

산 시인은 "일곱 살 적 어린 포구"로 지시되는 과거 시간과 장소를 호명하고 있는데, 이 시간은 단순히 현재로부터 역행하는 추억의 시간인 것이 아니라 잃어버린 한 시절을 호출하면서 "신음"과 "기침"으로 응집된 옛 시절에 대한 연민을 불러 세우고 있어서 뜻깊다. 이들 시인은 움튼 "꽃"의 생명력을 '과거'로부터 얻었기에(이때의 '꽃'은 '시詩'라고도 할 수 있겠다) 이들의 시심詩心이 어디에서 연유한 것인지를 시집의 자서를 통해서도 짐작하게 하는 것이다. 아마도 "3인 모던 시집"을 엮기까지 양준호, 류기봉, 김학산 시인이 통과해온 '옛' 일들은 하루 이틀로 설명되는 오래되고 낡은 단막극이 아니라 긴 시절의 이야기로 점철된, 시간의 저장고에서 연금술로 다져진 삶의 페이소스로 가득 차 있으리라. 그것은 마치 "가시내"가 모던 걸이 되었듯 "포구"의 "기침"이 "모던 시집"이 된 사연을 감상하는 일이기도 할 것 같다.

오늘도 열차는 시간표時間表 속으로 사라졌다
멀리 귀 기울이면
색시 색시
붉은새배매 울고 있는 몸짓

오늘도 식도食道 속을 헤엄쳐간 기름가자미 우짖는데

아이야 아이야

청산靑山에서 꿈틀대는 추사秋史의 먹물빛 새들

자 함께하실까요

가자미과 검은 문장을 훔쳐보고 가는데

갈까 말까 갈까 말까

누드의 가시내를 버리고 가는 천둥소리

갈까 말까 갈까 말까

오늘도 캡 램프 속 당나귀는 사색에 잠겨 있었다

— 양준호, 「시간표 속의 램프」 전문

　시집의 맨 앞에 안착한 양준호 시인의 첫 시 「시
간표 속의 램프」는 시인의 자의식이 '익숙한 생활
속 삶의 페이소스'를 드러내는 가운데에 움튼다.
양준호 시인은 과거 시간의 이동이 "램프"로 밝혀
지거나 "램프"로 이내 어두워짐을 인식하고 있다.
램프를 장착한 기차는 역동적으로 달려 나가고 싶
은 탈출욕망과도 맞닿는다. 그러나 "갈까 말까 갈
까 말까" 머뭇거리는 것은 그 시절의 그 "가시내"
때문인 것인가. 열차는 시간표 속으로 사라져 떠난
지 오래지만 청산은 검은 문장이 되어 지금도 천둥
소리를 품고 있다.

그런데 양준호 시인의 시간인식은 "결국"이라는 '부사어'에서 짙게 배어 있는 '결국 연작시'에서 보다 의미 있게 연출된다. 어차피 지나간 '시간'은 양준호 시인에겐 도저히 지나치지 못하고 '기억'의 저장고에 고스란히 모인다. "결국"이라는 부사가 부제로 사용된 양준호 시인의 연작시는 피할 수 없는, 피하려고도 하지 않는, 시인의 후회와 회한으로 연결되어 있음을 보여 준다.

　　노한 앵무새를 뒤쫓지 마라 젓가락 구름의 종아리에서, 둥근 잔대는 저승의 노랫가락에 귀 기울이고 가는데...
　　자 심호흡을 해봐 유난히 어깨를 파닥이는 밍크고래 노을의 베일을 딛고 간다
　　　　　　　　　　— 양준호, 「노한 앵무새 — 결국·2」 전문

자연과 생명의 동행이 단순한 후회나 회피와는 다름을 일깨워주는 시이다. 양준호 시인에게 "노한 앵무새"는 그저 인간의 말을 반복적으로 따라하는 앵무새가 아니다. 시인의 앵무새는 말을 뒤쫓는 것이 아니라 "노랫가락"에 귀를 기울이고 있다. 위시는 앵무새로 표현된 '가시내'의 음성을 상기시

킨다. '가시내'는 젓가락으로 둥근 잔대를 들썩이며 저승의 "노랫가락"을 흥얼거리고 있다. 유난히 파닥거리는 어깨가 들썩이고, 노한 듯 쨍한, 가시내의 노랫가락이 한이 서리듯 아려온다.

> 정오의 자리돔, 호송은 끝났다
> 누구 며느리주머니의 산란을 막아주실 분
> 보라성게가 외출한 서귀포
> 사이렌은 누구를 부르고 있는가
> 새여 새여
> 한쪽 볼이 상기된 무당새는
> 천사의 잠을 깨우고 가는데
> 형 그곳의 무당거미는 비달기를 잃고 왔는데
> 자 진정하시죠
> 나는 끝끝내 큰줄흰나비의 눈치를 잃고서 온다
> ― 양준호, 「정오의 자리돔 ― 결국 · 8」전문

주체와 객체를 수시로 이동하는 양준호의 시는 비판과 해학이 공존한다. 그의 시는 구어체가 구성지게 사용되고 있는데 "자 진정하시죠"와 같은 일상적 구어 표현은 판소리의 아니리처럼 시적 화자와의 대화를 적극 유도한다. 슬쩍 시인이 끼어들거나 청중 중에 누군가가 껴든 듯 익숙하면서도 낯선 일상의 언어들이 시어로 적극 활용된다. 다음의 시도 그렇다.

자 세계 평화를 위하여 기도합시다
너는 가, 그런다고 다시마의 누드를 어떻게 설명하니
무단 출입의 나라에서 절대 도망 가지 말 것
무늬버들은 오늘 어디 가서 노나
에그 내가 어떻게 당나귀를 쏘아보겠니
완전, 그 새끼도 노골적이지
매화가지나방의 꽃잎은 가을의 입구에서 눈부셔 신神을 기다리다 갔다
　　　　　　— 양준호, 「너는 가 — 결국 · 1」전문

양준호 시의 유연한 언어 감각은 이처럼 중얼거리듯 툭 터져 나오는 말, 구어의 사용에서 빛난다. 또한, 여성적 화자가 남성적 화자로 곧 몸을 바꾸어 가며 시적 자의식을 돌연 회전시키는 그의 시는 오히려 지나치게 유연해서(!) 시의 언어를 곧잘 잊게 만든다.

그런데 양준호 시인의 시가 "결국"이란 단어로 집합된 연민의 시간을 표명하고 있다면, 류기봉 시

인은 '각覺' 연작시를 통해 '발견의 시세계'를 드러내고 이를 적극 시의 이미지로 펼쳐 나아간다.

　2와 7일에 서는 장현장, 건고사리나물이 한국산 이라고 외치는 장터할머니 옆에 "중국산입니다. 저는 중국산입니다!" 중국산며느리가 중얼거리고 있었다
　　— 류기봉, 「오일장에서 — 각覺 · 1」전문

양준호 시인의 "결국"처럼 류기봉 시인에게 "각覺"은 삶의 알레고리를 툭 던져 넣으며 무심코 발견되는 깨달음의 순간에 도달하는 방식을 띤다. 특히 류기봉의 시는 장황하지 않고 군더더기가 없는 짧은 시형식이 대다수이다. 이는 시인이 '찰나의 발견'에 집중한 때문이다.

　배고픈 말똥가리가 어슬렁거리고 있는 스마트폰 액정 속, 서늘한 기운의 박달나무가 눈밭에 미끄러 졌다
　　— 류기봉, 「눈밭 — 각覺 · 3」전문

마치 동양화처럼 여백을 효과적으로 사용하고 있는 류기봉 시인의 시편들은 많은 부분이 언어와 언어 사이의 틈에 기꺼이 시의 몸 한 켠을 내어주

며 단편적인 하나의 이미지에 몰입 하는 방식을 띤
다. 그러니까 류기봉 시인에게 시의 여백은 의도된
시적 장치이자 시인이 도달하고자 하는 각覺의 세
계를 드러내는 주요한 장치이다.

　　직박구리가 물고 있는 사슴벌레, 성난 아기의 탯줄
　이 달빛처럼 어둠에 박혀 있었다
　　　　　　　― 류기봉, 「벌레　―　각覺·4」전문

　"벌레"를 풍경의 이미지로 아름답게 응시하는 시
인의 태도는 "직박구리"와 "사슴벌레"를 관찰하는
것에 머무르지 않고 "달빛"의 이미지로 그 시선이
수직 이동하고 있다. 이처럼 류기봉 시의 표현 방
식은 마치 동양화처럼 언어 이전以前의 혹은 언어
밖의 여백에 더 큰 비중을 둔다.

　　사진을 지고 가는 달팽이의 허기 속, 부르튼 발톱이
　내 몽롱한 감정을 갉아 먹는다
　　　　　　　― 류기봉, 「스멀스멀 ―　각覺·5」전문

　특히 이러한 여백의 이미지들은 기분氣分 혹은 반
응하는 '느낌'의 순간마저 깨달음 즉 각覺의 세계

로 되돌아온다. 위 시의 시제詩題인 "스멀스멀"은 시인이 처한 허기지고 몽롱한 감정을 가장 적확하게 드러내는 의태어이다. 의태어 "스멀스멀"이 과감하게 시의 제목으로 사용된 이유도 류기봉 시인의 시언어가 도달하는 남다른 기교이자 시의 의미와 상통한다. 류기봉 시인은 찰나적 깨달음에 시의 의미를 싣고는 언어를 무심하게 툭 던진다. 다만, 류기봉의 시는 잊혀진 기억을 깨우듯 불현듯 무릎을 탁 치게 하는 '발견'의 절정絕頂에서 오는 시詩로 여길 수 있겠지만 한편으로는 오랜 연마練磨에 단련된 연금술鍊金術에 의해 포착되는 신비의 언어로 다가간다. 각覺의 세계 이전의 무심한 일상은 각覺에 의해 드디어는 신비에 몸을 실어 새로운 기억의 저장고로 몸(현상)을 옮기며, 소소한 일상의 시간은 커다란 몸집의 응어리로 남게(변하게) 된다.

유리벽이 있을까
뒹굴뒹굴 분노의 저녁이 있을까
낮이 있을까 혹은 깨진 밤이 있을까
시금치 밭 사이 시금치 벌레가 있을까

등을 돌려야만 겨우 볼 수 있는

나이

— 류기봉, 「나이 — 처용단장 풍으로」 전문

그러므로 류기봉 시인에게 나이 듦의 적막함은
"유리벽"으로 둘러쳐진 그러나 아이러니하게도
"등"을 돌려야만 겨우 알아챌 수 있는 억누른 "분
노"의 감정과도 만나고 있다. 역설적인 각覺의 공
격에 류기봉 시인의 일상이 함께 머물러 있음을 알
수 있다.

그런데 김학산의 시는 기억의 저장보다는 시간
의 연금술에 좀 더 담금질을 가하고 있는 모습을
띤다.

배냇적 모음으로 중얼중얼
아파트 문을 나서는 가장이 있다
엘리베이터에 오르자 아직도 잠의 덧니에 물린
너덧 피조물들이 중력 밖으로 심장을 내어단 채
흔들린다

찰나, 어린 날 무심히 지나던 참외밭
참외 하나를 깨물다 들켰던
늙은 주인의 짓눌린 눈빛을 닮은 사내

거친 야성의 들판을 숨 가쁘게 달려온 당신은
세상의 미늘에 걸려 파닥거리는 불가사의한 어족
황금분할에 서툴렀던 당신은
생의 정각과 사각 사이에 숨어 우는 마파람

한때 의지의 방향으로 깊은 구멍을 파고
진리의 화두 위 사각의 극한점을 적분하였지만
되돌아오는 것은 바람의 어금니 부딪치는 소리뿐

저 파란의 지문을 보라
빛의 성감대 위 쏟아지는 예각들
출렁이는 게놈지도 속으로 오늘도
긴 꿈속 잠행이 시작된다
　　　— 김학산, 「각角과 빛」전문

　현실의 버팀목이 결국 과거의 시간이 아니라는,
시간 인식은 시간이 역류하는 기억이야말로 현실
을 잠행으로 대처하게 하는 모습으로 드러난다. 위
시에서 아파트 문을 나서는 가장家長이 휘청거리는
것은 그저 날카로운 빛에 대한 반응이라는 것, 혹
은 이 빛을 깨달은 슬픔의 인식 때문인데 이 점은

김학산 시인의 시적 이미지를 매우 비극적으로 인식하게 한다. 김학산 시인에게 "빛"을 깨달은 순간은 '찬란한' 빛의 세계에 스미는 '긍정성'이 아니라 어둠 속에 놓인 '현실의 발견'이라는 '부정성'의 세계에서 비롯한다. 김학산 시인은 시간의 배신을 차분하게 풀어보려 하지만 이내 막다른 골목에 다다라 겨우 발견한 빛 한줄기마저 손아귀에 결코 잡을 수 없음을 깨닫는다. 김학산 시인에게 과거 시간과 빛의 기억은 힘겨운 단련을 거쳐 도달한 연금술사의 회한과 고백을 되새기게 한다.

풀꽃 흐드러지게 피는 계절이면
금빛 머리 붉은 눈 따오기를 찾아
홀로 온 들을 헤매었지

눈 감으면 아스라이 베이는 추억 속
자존의 검푸른 달이 뜨고
우리들의 아침은 늘
차가운 샛별의 온도로 내려앉았지

당신의 혀에 착착 감기는 밥 한 끼가
그리 어려웠던 시절 강변에 삽을 심고

홀로 돌아오는 저녁 시간이면

집 앞 돌확에 하얀 달은 뜨고

내게 남은 삶이 있다면
열 식구 난전의 신발들을 모두 모아
차라리 도둑으로 완성하고 싶었지

우주 멀리멀리 새로운 생명으로
발아하고 싶었지
　　　— 김학산, 「돌확에 하얀 달은 뜨고」 전문

　김학산의 위 시는 "돌확"의 이미지에 "달"을 더
해서, 옛 것의 처연함과 고즈넉함, 풍류와 시간의
습기가 함께 느껴진다. "돌확"은 곡식을 갈거나 찧
을 때 사용하는 속이 움푹 파인 돌을 말한다. '확
독'이라고도 하는데 주로 남부지방에서 자연석을
이용해서 만들며 곡식을 으깨는 용도로 사용되는
물건이다. 아마도 옛 집 앞에 내놓은 "돌확"에 밤
서리가 내려 하얀 달이 비친 이미지를 시인은 차용
한 듯하다. 시인의 시선에 든 혹은 시인이 기억하
는 "돌확"의 모습에서 "열 식구" 난전의 세월이 되

비치고, 어려웠던 시절 밥 한 끼를 위해 차가운 온
도로 내려앉은 몸을 홀로 일으켜 돌아오던 아버지
(혹은 아버지가 된 나)의 모습이 시인은 떠올랐을
지도 모른다. 화자인 "나"는 "돌확"에 뜬 저 하늘의
"달"을 보며, 돌확에 내려앉았으나 다시 우주 멀리
새로운 생명으로 움트고 싶은 자기열망과 요원한
꿈에 꿈틀거렸을 터이다. 시인은 그리운 시절의 난
간에 기대어 척박한 과거시간을 원망과 분노가 아
니라, "돌확"에 비친 하얀 달의 쓸쓸하나 낭만적
꿈으로 엮인 그것으로 시인의 인식이 성큼 웃자라
마침내 저 하늘로 향하고 있음을 보여 준다.

　　때는 트라이아스기
　　노을이 하루의 끝에 앉아 잠시 졸고 있는
　　사이

　　길 끝에는 늘 두려움과 결빙된 크랙이 넘쳐났지만
　　꽃들은 아장아장 끝없는 길을 열고
　　대지의 푸른 숲은 서둘러 사나운 짐승들을 끌어들여
　　유두에 젖을 물리려는 찰나
　　중력을 잃은 시간이 소용돌이치며
　　빛과 천둥의 소리로 수천만 번 불비 내려요

푸르른 통증이 시간의 씨줄 날줄을 직조하는 잠깐
사이

길을 떠나 길이 되어버린 세계는 늘 속수무책이었죠

세월은 단지 하나의 전설처럼 흘러가요

새벽부터 스스로 목을 자르는 동백은

어두운 새벽을 사르며 점점이 솟아올라

태양은 자판을 두들기고 있군요

오래도록 찔려 숭숭 뚫린 바위 구멍마다

맑고 고운 피리 소리가 들려오고

멀리 보이는 숲은 이제 조용히 정좌한 채

어린 나무성자를 불러 초록의 등불을 내걸고

길든 야성은 언제나 두려운 탈출을 꿈꾸지요

두 눈 부릅뜬 짐승 한 마리 다시 긴 묵상에 잠깁니다

— 김학산, 「화산목火山木」 전문

"화산목"은 이억 이천 오백만년 전에 나무 화석
으로 된 나무인데 김학산의 위 시는 이러한 화산목
을 시적 대상으로 삼고 있다. 낯설고도 고적한 "트
라이아스기"에 형성된 화산목은 화산재가 용해되

어 나온 실리카에 서서히 나무의 세포벽이 채워져 대체되면서 형성된다. 그러니까 화산목의 나무는 석영으로 결정화한 것이다.

시인은 이 화산목에 결빙된 크랙을 넘어서는 '두려움'을 읽으며 중력을 잃은 시간이 소용돌이치는 "푸르른 (시간의) 통증"에 주목한다. 화산목이 지나온 그 머나먼 시간은 씨줄과 날줄로 직조되어 하나의 전설처럼 세월을 동행하면서 두려운 탈출을 꿈꾸고 있다. 「화산목」은 묵상하며 수행하는 저 화산목의 전설을 목에 걸고 있는 이의 마음으로 슬며시 들어가 보는 시인 것이다.

　　창문 밖 바둑판처럼 잘 정리된 들판을
　　무심히 응시한다
　　논 가 두루미 외발로 서 쓰러지지 않는
　　저 빛나는 균형감각의 완숙미

　　삶이 동그라미 그리기 사각형 그리기라면
　　얼마나 시시하고 재미없을까를 생각한다
　　지하터널 벗어나자 구름의 낮은 기침 소리
　　전에 본적이 없는 황톳빛 산 하나를
　　아예 삼각형으로 꾀를 벗겼다

벌거벗은 남정네처럼 남세스럽다

왜 인간들은 무언가를 모양으로
그리지 않으면 살아갈 수 없는 것일까
저 모양의 잔인함이여

냇가에 아지랑이 수런거리고
옹기종기 모여 고만고만한 삶의 실밥을
팽팽히 잡아당기는 골목마다 사람이 성근다

스스로를 포획하는 거미처럼 농부의 집엔
농부가 없다
어차피 인간은 역설의 황야에 피는 외로운 꽃인가
문제는 역설이 모든 종류의 삶을 허용한다는 것
우리의 생존전략은 말의 뼈를 송두리째 뽑아
둥근 사각형을 그려야 하는 일

행간의 긴 그림자들이 까치발로 서서
초록빛 손을 흔들고
돌들은 냇가에서 하얗게 불타오르고 있다
　　— 김학산, 「둥근 사각형 그리기」 전문

사각의 모서리를 둥글게 교체하는 위 시 「둥근 사각형 그리기」는 역설의 의미가 가득한 황야荒野에 피는 외로운 꽃이 바로 인간이라고 말하는 듯하다. 언제나 생生 "둥근 사각형"처럼 역설적이다. 균형감각을 잃지 않으려면 이 역설의 삶을 기꺼이 허용해야 한다.

김학산 시인은 "둥근 사각형"을 그리듯 '생존'이란 까치발로 서서 손을 흔드는 일이기도 한 것을 잘 알고 있다. 김학산 시인의 깨달음이 예사롭지 않다. '시간'에 몸 던진 자여야만 도달할 수 있는 행간의 깊이, '연금술'로 다져진 시간의 고통을 겪은 자만이 알 수 있는 경지이다.

요컨대 양준호, 류기봉, 김학산의 이번 3인 시집은 3색의 이채로운 시의 빛깔을 보여 줌과 동시에 자서自序에서 품었던 "꽃의 대퇴부(시)"를 위하여 "들판의 풀빛 기침에 젖"은 기억의 간이역에 머물러 있던 시간의 연금술을 '다함께' 보여 주고 있다.

시와반시 기획시인선 022
푸른 손금의 페르소나

2021년 10월 1일 초판 1쇄

지은이 | 양준호 류기봉 김학산
펴낸이 | 강현국
펴낸곳 | 도서출판 시와반시

등록 | 2011년 10월 21일 (제25100-2011-000034호)
주소 | 대구광역시 수성구 지산로 14길 83, 101-2408호
대표전화 | 053)654-0027
팩스 | 053)622-0377
E-mail | khguk92@hanmail.net

ISBN 978-89-8345-123-1 03800